Dados Internacionais de Catalogação na Publicação (CIP)
(Câmara Brasileira do Livro, SP, Brasil)

Wapichana, Cristino
    Sapatos trocados : como o tatu ganhou suas grandes garras / Cristino Wapichana ; ilustrado por Mauricio Negro. – São Paulo : Paulinas, 2014. – (Coleção o universo indígena. Série raízes)

    ISBN 978-85-356-3718-2

    11. Contos indígenas brasileiros - Literatura infantojuvenil I. Negro, Mauricio. II. Título. III. Série.

14-02602   CDD-028.5

Índices para catálogo sistemático:

1. Contos indígenas : Literatura infantil   028.5
2. Contos indígenas : Literatura infantojuvenil   028.5

1ª edição – 2014
4ª reimpressão – 2025

Direção-geral:	*Bernadete Boff*
Editora responsável:	*Maria Goretti de Oliveira*
Assistente de edição:	*Milena Patriota de Lima Andrade*
Copidesque:	*Ana Cecilia Mari*
Coordenação de revisão:	*Marina Mendonça*
Revisão:	*Ruth Mitzuie Kluska*
Gerente de produção:	*Felício Calegaro Neto*
Produção de arte:	*Manuel Rebelato Miramontes*

Nenhuma parte desta obra poderá ser reproduzida ou transmitida por qualquer forma e/ou quaisquer meios (eletrônico ou mecânico, incluindo fotocópia e gravação) ou arquivada em qualquer sistema ou banco de dados sem permissão escrita da Editora. Direitos reservados.

Cadastre-se e receba nossas informações
paulinas.com.br
Telemarketing e SAC: 0800-7010081

Paulinas
Rua Dona Inácia Uchoa, 62
04110-020 – São Paulo – SP (Brasil)
✆ (11) 2125-3500
✉ editora@paulinas.com.br
© Pia Sociedade Filhas de São Paulo – São Paulo, 2014

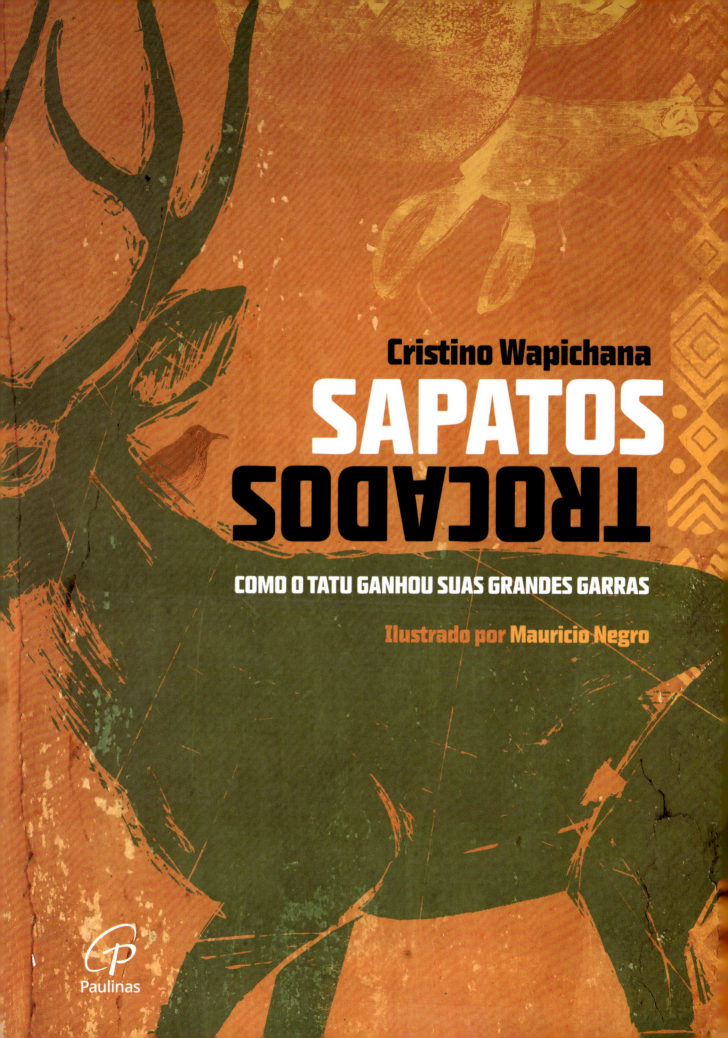

Este livro é dedicado a todos os pequeninos que amam ler, ouvir e contar histórias. Aos nossos avôs, educadores, contadores e encantadores, que com suas magias nos envolvem e nos fazem viver as aventuras de cada conto. E, em especial, a minha pequenina Lara Sussui, que balbucia suas historinhas regadas com sorrisos cheios de vida, magia e humanidade.

No tempo em que nossos ancestrais eram vivos, os animais eram amigos e faziam tudo sempre juntos. Assim, procurar comida, tomar banho, brincar eram coisas que faziam parte da convivência diária.

A paz reinava entre eles. E quando algum deles adoecia, todos ficavam preocupados e iam visitá-lo. Levavam comida e, também, remédios feitos de cascas, folhas e até de raízes de árvores. Além de trazerem muita alegria no seu *darywyn*.

Todos desejavam que aquele amigo ou aquela amiga doente se recuperasse logo, para que pudessem se juntar a eles na execução das atividades e nas festas que faziam nas noites enluaradas.

Nas festas, os tocadores compunham belas músicas para recepcionar aqueles que estiveram doentes. Eles eram aguardados com ansiedade, e todos queriam vê-los dançar, comer e se divertir.

Numa certa ocasião, o Jabuti resolveu dar uma grande festa, daquelas que a gente não esquece pelo resto da vida. Aliás, as festas do Jabuti eram sempre belas e cheias de muita comida gostosa.

E como era já tradicional, todos os animais eram convidados. Ninguém poderia ficar de fora. Para essa missão, o Jabuti convocava sempre o animal mais rápido de todos: o Kapaxi!

Bastou um assobio do Jabuti e vruuuuuumm, lá estava Kapaxi em meio a seu rastro de poeira!

— Bom-dia, amigo Kapaxi!

– Bom-dia, meu compadre Jabuti! Como estão todos por aqui e o que temos para hoje?

– Desacelere, compadre. Estamos todos bem, graças ao pai mais velho, criador de todas as coisas, Tuminkery. Amigo, chamei você porque daqui a dois dias será noite de *kayz waywepen* e vou dar uma festinha. Preciso que você leve convite a todos os nossos amigos que moram nas florestas e nos campos. Ninguém pode ser esquecido. Faço questão que todos venham comemorar comigo. A propósito, compadre, quero que passe primeiro na casa da comadre Preguiça, para que não corra o risco de chegar atrasada à minha festa.

– Está bem, compadre Jabuti – respondeu Kapaxi, pronto para cumprir a sua missão predileta: levar notícias em alta velocidade.

Kapaxi despediu-se e saiu em disparada, deixando um caminho de poeira por onde passava. Mas logo sua corrida foi interrompida por ecos dos gritos do Jabuti, que o alcançou quando já estava chegando ao pé da serra.

– Compadre, Tatuu! Compadre, Tatuuu! Compadre...

Antes de terminar o terceiro grito, o mensageiro reapareceu no centro da aldeia, envolvendo o Jabuti com a poeira feita pelos seus mágicos e velozes sapatos.

– Pois não, meu compadre?

O Jabuti logo começou a tossir por causa da poeira.

– Meu caro compadre, será que não dá pra fazer menos poeira?

– Desculpe-me, amigo Jabuti, mas não sou eu! São estes sapatos que não param de se movimentar!

– Deixa pra lá – disse o Jabuti, depois que o vento levou a poeira. – O fato é que me esqueci de falar uma coisa importante. Passe, por gentileza, na casa do compadre Aro, tão logo avise a comadre Preguiça, pois preciso que ele me ajude nos preparativos da festa. Você sabe onde ele está morando? Ele fez uma nova casa no alto do morro das Araras – disse apontando para um pequeno vale.

– Está bem, compadre Jabuti. Pode deixar comigo. Eu passarei por lá e o avisarei.

– Ah! Compadre, quase ia me esquecendo de mais uma coisinha. Diga-lhe que venha o mais depressa possível, pois tenho urgência!

Kapaxi saiu em tamanha disparada, que só dava para ver a poeira se formando no campo.

Os filhotinhos do Jabuti e dos outros animais que moravam ali adoravam a visita de Kapaxi na comunidade. A presença dele era alegria certa.

Kapaxi, além de brincalhão, era um grande contador de histórias, e os pequeninos amavam ouvi-las. Em uma delas, ele contou que os poderes mágicos dos seus sapatos foram-lhe dados por Tuminkery e que o pequenino que entrar no turbilhão de poeira e encontrar a saída antes de se desfazer pelo irmão vento ganharia sapatos mágicos como os dele.

Antes de partir, Kapaxi costumava, então, fazer propositalmente vários movimentos com os sapatos mágicos no centro da aldeia, de maneira a formar os tais labirintos de poeira.

Assim que Kapaxi seguia seu caminho, os pequeninos disparavam para os labirintos com risos e gritaria, numa pura diversão. Corriam ziguezagueando com as patinhas para cima. Vez por outra, uns se chocavam contra os outros, mas sem se machucarem. Quando baixava a poeira, algumas mães ficavam zangadas e até reclamavam das atitudes do velocista com seus maridos, pois depois dava o que fazer para acalmar os filhotinhos, especialmente aquelas que tinham muitos.

Reuni-los não era uma tarefa fácil, além do que os pequeninos ficavam tontos de tanto girarem.

Algum tempo depois que o mensageiro partiu, um vulto apareceu vindo da direção do pequeno vale.

Um dos pequeninos viu e avisou o pai:

– Está vindo alguém... e pelo jeito de andar parece que é o tio Aro.

O Jabuti olhou e disse:

– Filho, deve ser ele mesmo. Vá ao encontro dele e leve um pouco de *parakari* para ele beber.

O Jabotinho saiu correndo imediatamente com uma *kuruachi*. Correu com toda a sua velocidade. Vez por outra, olhava para trás para ver a poeira deixada pelas suas patinhas e, assim,

fazer um pouquinho de inveja aos seus amiguinhos, mas, para sua decepção, não conseguiu erguer sequer um grão de pó.

– Oi, tio Aro, como o senhor está? – perguntou, ofegante.

– Olá, meu filho! – disse Aro, fazendo cara de surpresa. – Nossa, você está cada dia mais forte e mais veloz! Quase o confundi com o compadre Kapaxi! – completou sorrindo, passando a pata na cabeça do pequeno Jabotinho.

– Ah, tio! Eu sei que não consegui fazer subir nem um pouquinho de poeira – retrucou meio triste.

– Mas não fica assim, não... Aposto que você é o campeão por aqui! Como está todo mundo?

– Estamos todos bem! – respondeu o rapazinho oferecendo-lhe a cuia cheia de *parakari,* que Aro virou numa só golada!

– Filho, põe mais um pouquinho. A caminhada que fiz até aqui me deu uma sede daquelas!

O dia já estava bastante quente, pois *kamuu* encontrava-se próximo do centro do céu.

Depois de satisfeito, após duas cuias do gostoso *parakari*, rumou para a casa do Jabuti. Ao chegar lá, sentou-se e pôs-se a conversar. E que conversa animada! Os dois amigos não pararam nem mesmo durante o almoço. Parecia que não se viam desde a infância.

Terminada a refeição, foram até um grande jatobá para descansar.

– Compadre Aro, preciso que me ajude a fazer abrigos para receber meus convidados da festa da grande lua.

– Quando posso começar? – disse Aro prontamente.

– Calma, compadre. Hoje vou só mostrar o lugar, amanhã cedo podemos começar. Fizemos muito esforço com tanto assunto para conversar – falou Jabuti em tom de brincadeira.

O sol estava se preparando para descansar e a noite bocejava, querendo logo começar seu turno.

– Meu compadre Aro, reservei um lugar bem aconchegante para você ter um repouso tranquilo esta noite aqui em minha casa.

– Muito obrigado, amigo Jabuti, mas prefiro o cheiro da terra e do capim molhado com o orvalho da noite. Farei uma cama bem aconchegante e quentinha por aqui mesmo.

– Está bem, compadre Aro. Se prefere assim, vou então providenciar um saboroso jantar para não dormirmos de barriga vazia.

Enquanto Jabuti preparava o jantar, Aro, com suas garras poderosas e ágeis, ajeitava sua cama. Fez um enorme buraco no chão e colocou capim e folhas, deixando sua cama bem fofinha. Depois, foi ao igarapé, tomou um banho e dirigiu-se à casa do amigo, para deliciar-se com o jantar.

Após o jantar, que acontecia assim que o sol se despedisse, havia um momento especial. Os mais velhos, como num passe de mágica, se transformavam em excelentes contadores de histórias e todo mundo corria para ouvir. Eram histórias de aventura, suspense e até terror. Nessa hora, os pequeninos grudavam nas mães e ficavam com os olhos arregalados. No final, todos riam a valer comentando as caras e bocas dos narradores.

Todos estavam dormindo serenamente e a lua se mostrava linda no alto do céu, quando alguém quebrou a tranquilidade com um som ensurdecedor!

– Cocorococóóóóó! Cocorocóóóóóó! Cocorocóóóóóó!

Era o galo. Só podia ser ele mesmo. Todo mundo o achava metido, ainda mais quando falava que cantava a plenos pulmões porque seu canto era dirigido às estrelas lá no céu. O convencido dizia que com seu canto elas dançavam e brilhavam mais ainda. E que *kamuu* só despertava com a dança das estrelas.

No entanto, todo mundo achava que ele apenas queria acordar os outros e se mostrar, pensando que assim iria ganhar elogios... Não se sabe se é verdade ou não, mas, assim que ele cantava pela terceira vez, não é que todos começavam a despertar? Parecia mágica. Os passarinhos eram os primeiros. Esticavam suas asas, bocejavam e cantarolavam, e então *kamuu* aparecia no céu e aí a bicharada toda acordava. Só alguns pequeninos preguiçosos continuavam dormindo um pouco mais.

– *Kaimen kupukudan waribenau!* – disse o Jabuti ao amigo de garras grandes, que ainda se espreguiçava.

– *Kaimen,* compadre Jabuti. Já podemos começar o trabalho? – perguntou Aro bocejando.

– Ainda não, compadre, calma. Não precisa pressa! Dormiu bem?

– Quase, meu compadre Jabuti. Se não fosse o cantor das estrelas, teria dormido bem melhor. A cantoria parecia que estava bem do meu lado! Para mim, este cocoricó não canta nada!

– Eu ouviii! Eu ouviii! – resmungou o galo que estava em cima da árvore, justo onde Aro tinha feito sua cama. – Você, compadre Aro, também não me deixou dormir com seus roncos ensurdecedores!

– Diante do seu canto – disse Aro ironizando –, meu ronco é como uma brisa!

O Jabuti, já irritado com aquela discussão boba, resolveu interromper:

– Bem, compadres! Já que desejaram bom dia um ao outro, vamos comer e concentrar as nossas forças no trabalho. Temos muito que fazer hoje!

Não demorou muito, um pequeno redemoinho se formou no centro da comunidade.

– Bom-dia, compadre Kapaxi! – cumprimentou o Jabuti.

– Olá, meus parentes! Alguém topa uma corridinha? Eu deixo sair na frente...

Enquanto desafiava, Kapaxi corria de uma ponta a outra da comunidade, fazendo redemoinhos de poeira.

– Vamos, parentada! Eu deixo sair na frente...

– Não, compadre! – resmungou Aro.

Kapaxi, no entanto, não parava de desafiar. Aborrecido com sua insistência, Aro disse:

– Tudo bem, Kapaxi! Eu aceito! Só para ver você ficar quieto!

Kapaxi parou, coçou a cabeça e respondeu:

– Então deixarei você escolher as provas!

Aro prontamente respondeu:

– Podemos ver quem faz um abrigo no chão, maior e mais aconchegante, em menos tempo! Você topa?

Claro que ele sabia que ninguém poderia ganhar dele nesta modalidade.

– Sim, compadre! Gostei da ideia de fazer um abrigo, e aceito com muito prazer! – replicou Kapaxi. – Mas proponho mais duas provas. Espero que não amarele.

– É só falar, meu caro, pois nunca recusei um desafio! – afirmou Aro, orgulhoso.

– Vamos nadar e depois terminar fazendo uma corridinha.

Kapaxi, que não era bobo, sabia que ganharia na corrida e com grande vantagem.

– Tenho uma ideia melhor! – falou o Jabuti intrometendo-se no diálogo dos dois atletas. – Primeiro vamos preparar tudo que precisamos para a festa e, então, somente depois da festa vocês podem realizar as competições... Pode ser?

Os dois atletas aceitaram competir após a festa.

Depois do desjejum, iniciaram os trabalhos. Os convidados que chegavam logo se juntavam aos demais e formaram uma grande *ajuri*. Com a ajuda de todos, concluíram os preparativos da festa.

Os convidados vinham de todos os lugares, acompanhados de suas famílias. Havia papagaios (*uaro*), araras vermelhas, amarelas, cotias, o velho jacaré-açu, coelhos, pacas, pássaros, passarinhos e até os peixes apareceram na margem do rio que banhava o local da festa.

O grande momento se aproximava!

No salão havia muito espaço, e o "teto" não podia ser mais apropriado: a lua majestosa que dominava o céu e as estrelas, que eram incontáveis, formavam um tapete luminoso que mais pareciam diamantes. Para completar o cenário, os vagalumes iluminavam a festa.

As mamães chegavam com seus filhotinhos e procuravam o melhor lugar para que ficassem confortáveis e aguardassem o começo da festa.

Kayz waywepen observava lá de cima, feliz com aquele grande evento que reunia a todos.

A música soou anunciando a chegada do anfitrião e sua família.

O Jabuti parou na frente dos convidados numa elegância só. Ergueu as patas e disse pausadamente:

– Meus parentes, sejam bem-vindos! *Tuminkery* está alegre conosco, porque temos cuidado da nossa mãe terra, das nossas irmãs árvores! Por isso, não tem faltado nada! Nossos filhos crescem saudáveis e são fortes... Nossa comida é farta. Estamos celebrando a vida que ele nos deu e, por isso, vamos festejar com toda a gratidão e alegria.

Foi com essa mesma empolgação que a sinfonia animal, regida pelo uirapuru, alegrou a grande festa.

Os pares formados eram os mais inusitados possíveis. Tinha o Kauaru dançando com Suwan, o Puaty com a Wakara e até a comadre Saru, que, de tão animada, fazia rodopios na companhia do compadre Tamanuaa.

A festa só não estava animada para os dois competidores. Eles estavam apreensivos, pois sabiam que precisavam descansar para enfrentar as provas.

Lá pela meia-noite, Kapaxi saiu da festa de mansinho, sem que Aro notasse, e foi procurar um lugar tranquilo para dormir. Aro, no entanto, teve a mesma ideia. Assim, os dois foram às escondidas dormir em um dos abrigos, a fim de economizar as energias para o tal duelo.

O Kapaxi logo achou um abrigo e foi entrando. Tirou os sapatos mágicos, sem fazer barulho, e os deixou na entrada do abrigo. Caminhou nas pontas dos pés, deitou-se num cantinho e adormeceu.

Mal fechou os olhos e um barulho o acordou. Eram sons de chocalhos misturados com mugidos! Os pequeninos acordaram aos gritos com medo.

Kapaxi levantou-se depressa e correu até a entrada para ver o que estava acontecendo. Para sua surpresa, Aro estava lá todo enredado em cipós, quase sem conseguir se mover.

– Compadre Aro, é você?! O que faz aqui? – perguntou Kapaxi.

– Ô compadre! Eu só vim tomar água! – respondeu meio choroso.

– Por que você não tomou na festa? Aqui não tem água! – disse Kapaxi.

– Por favor, compadre, pare de falar e me desamarre! – resmungou Aro.

Imediatamente Kapaxi começou a desenredar o amigo.

Os pequeninos silenciaram e ficaram ouvindo a conversa dos dois bichos. Mais que depressa, os dois grandalhões, temerosos de serem descobertos, trataram de sair rapidinho daquela enrascada, antes que os pequeninos resolvessem gritar novamente.

Calçaram os sapatos no escuro e retornaram para a festa.

– Compadre Kapaxi, muito obrigado por me soltar. Mas, me diga como você apareceu tão rápido? Ou já estava por aqui?!

– Pois é, compadre Aro, a vida é mesmo cheia de coincidência. É que eu estava com sede e vim tomar água também.

– É mesmo, compadre Kapaxi? Mas aqui não é um abrigo?! – indagou Aro.

– Sim, compadre, ainda bem que você falou. Vou procurar outro lugar para saciar minha sede. Até mais!

Não fosse a esperteza dos filhotinhos em fazer uma armadilha na entrada do abrigo, os dois adultos poderiam ter dormido lá. Os filhotinhos esticaram alguns cipós e amarraram neles pequenas cabacinhas, e as encheram de sementes e pedrinhas. Quando um desavisado passasse pela porta, cairia na armadilha, despertando-os. Isso funcionaria como um alarme, e o intruso ainda corria o risco de ficar preso nos cipós, como de fato aconteceu com Aro.

Lá na festa, Kapaxi criava uns passos de dança para mostrar ao amigo Aro sua disposição. Aro, por sua vez, convidou logo a Cotia para dançar. No entanto, os dois estavam muito sonolentos e resolveram descansar, só que dessa vez no abrigo dos adultos, para não terem mais problemas.

Quando o dia amanheceu, *kamuu* despertou disposto no horizonte.

Todos se alimentaram e logo a Arara convidou todos a irem assistir e torcer pelos atletas.

– Vai começar o grande desafio de hoje: o roncador, digo, o competidor Aro *versus* Kapaxi! O grande corredor contra o mestre roncador, cavador de buracos!

Enquanto eram anunciados os dois competidores, eles se dirigiram para o lugar da primeira prova.

O Jabuti, como anfitrião, passou a ser também o juiz da competição. Chamou-os de lado e ditou as regras:

– Primeiro devem atravessar o rio de um lado a outro, em seguida, façam um buraco onde caibam duas antas, sem que elas se toquem ou encostem nas paredes. Na última prova, vocês terão que correr até a casa da Preguiça, que fica lá naquela serra, e voltar para o ponto de partida!

A bicharada dirigiu-se para a margem do rio e aguardava o início da prova.

Os dois atletas estavam aquecidos e prontos para entrar na água e dar o melhor de si.

– Compadre Aro, ainda está em tempo de desistir! – disse Kapaxi.

– Calma, compadre, há tempo para tudo, e agora é o momento de vencê-lo!

A torcida estava eufórica, ora gritava o nome de Kapaxi, ora o de Aro.

Os pequeninos formavam um coro uniforme, a favor de seu amigo Kapaxi, contador de histórias. Eles pegaram diversas folhas de árvores para fazer a torcida. Fizeram também cones com as folhas de bananeiras, que usavam para gritar mais alto, de modo que os atletas os ouvissem.

Chegou o momento esperado! O Jabuti levantou as suas patas e os dois competidores se alinharam no ponto de partida. Seus corações pareciam querer pular fora do peito. A multidão silenciou para não atrapalhar o momento da largada. O Jabuti então baixou suas patas e o desafio começou.

O mestre corredor foi o primeiro a cair na água. Mergulhou e saiu bem à frente do seu oponente.

Aro acelerou as braçadas e aproximou-se de Kapaxi, que mergulhou novamente e reapareceu mais adiante.

– Vai, tio Kapaxi! Não deixa o tio roncador passar! – gritava um pequenino Cão.

A competição estava apertada. Aro conseguiu empatar e passou à frente por uma cabeça de tamanduá!

Kapaxi, quando notou que Aro estava perto de chegar do outro lado do rio, acelerou e chegou antes dele, retornando imediatamente ao ponto de partida.

A torcida maior era em favor de Kapaxi, que conseguiu chegar à outra margem com certa vantagem. Ao sair da água, parou na frente da torcida e fez algumas poses, como se já fosse campeão, enquanto Aro ainda nadava.

Kapaxi aproveitou a vantagem e deu uma cambalhota, levando todos à loucura! Em especial os pequeninos.

Kapaxi foi até o local da segunda prova e começou a cavar com toda a sua velocidade. A terra que removia do buraco caía como se fosse uma cascata d'água.

Logo depois, Aro chegou ofegante e começou a segunda prova.

Kapaxi rapidamente sumiu dentro da terra e Aro estava apenas começando a cavar.

Quando Aro saiu da água, percebeu que seus sapatos estavam diferentes. Pareciam bem mais ágeis, mas não falou nada, para não atrapalhar a competição.

Enquanto isso, o abrigo de Kapaxi já estava quase terminado, mesmo isso não sendo a sua maior habilidade.

Assim que acabou, parou um pouco para retomar o fôlego. Aro, quando viu que Kapaxi tinha terminado, começou a cavar desesperadamente.

Kapaxi estava mais tranquilo na prova, porque sabia que seu oponente dificilmente o ganharia na corrida. Ele aproveitou a vantagem e foi dar uma olhada em como Aro estava se saindo. Observou o buraco que Aro fazia, dirigiu-se para a torcida e, exibido como era, novamente fez poses.

Kapaxi estava, no entanto, intrigado: sabia que era muito veloz, mas aquele buraco havia ficado muito grande e o tinha feito em muito pouco tempo. O que estava acontecendo com ele? Ele sentia que algo havia mudado. O que seria?

Dirigiu-se, então, para a última prova, olhou novamente para a plateia, acenou e correu em disparada, como sempre.

Ao tomar certa distância, olhou para trás para ver se Aro estava no seu encalço, e grande foi sua surpresa quando percebeu que quase não havia saído do lugar. E o pior é que Aro o estava alcançando com muita rapidez e velocidade.

Não demorou muito e Aro ultrapassou Kapaxi numa velocidade assustadora, levantando poeira. Ele ainda tentou aumentar sua passada, mas foi inútil. Aro sumiu entre as árvores e as serras. A poeira foi baixando lentamente e Kapaxi já não ouvia os gritos de incentivo da torcida. Todos silenciaram diante daquele acontecimento.

Cansado, Kapaxi parou e sentou-se sobre uma pedra à beira do igarapé. Olhou para água e ficou vendo seu reflexo. Aí, percebeu o que acontecera: aqueles não eram seus sapatos! A tristeza tomou conta dele na mesma hora. Afinal, ele não seria mais tão veloz quanto antes. Já não faria mais tanto sucesso com os pequeninos, já não poderia mais contar suas histórias a eles.

Agora, sem poder correr, precisava descobrir outras habilidades que lhe trouxessem alegria e que fizessem com que fosse aceito pelos outros.

A vida de Kapaxi definitivamente mudou. Seus hábitos, sua função de mensageiro e tantas outras coisas se foram. Sua carreira tinha chegado ao fim, assim como suas aventuras. Triste e sem saber o que fazer com as novas patas, ele decidiu ficar longe de tudo e de todos.

Fez um buraco, escondeu-se ali e só saía para procurar comida, retornando logo em seguida. Ele sabia que, no fundo, a culpa tinha sido dele, que inventara a competição para humilhar o outro competidor. O que poderia fazer agora?

Reunindo coragem, decidiu ir atrás de Aro para reaver seus sapatos. Gastaria o tempo que fosse necessário para conseguir isso. Andaria o mundo todo, se preciso fosse, para encontrá-lo. E assim o fez.

Kapaxi percorreu muitos lugares. Por onde passava, cavava um abrigo para descansar e, depois, o deixava ali para que outros animais pudessem utilizá-lo. Era uma forma de se sentir bem com aqueles novos sapatos.

Jamais encontrou Aro novamente. Mesmo assim, não desistia de procurá-lo.

Enquanto isso, continuava cavando abrigos com suas potentes garras e deixando para quem quisesse usá-los.

Foi assim que o Tatu fez muitos amigos e se tornou uma lenda, sendo considerado o mais veloz e bondoso entre os animais da terra.

Glossário

Ajuri: multidão para realizar determinada tarefa.

Aro: veado.

Darywyn: bolsa feita de folha da palmeira do buriti.

Igarapé: riacho.

Kaimen kupukudan waribenau: bom-dia, parente.

Kamuu: sol.

Kanawada: jacaré-açu.

Kapaxi: tatu.

Kauaru: cavalo.

Kayz waywepen: lua cheia.

Kuruachi: cabaça ou cuité.

Parakari: bebida tradicional feita de mandioca.

Puaty: macaco.

Saru: ariranha.

Suwan: camaleão.

Tamanuaa: tamanduá-bandeira.

Tuminkery: criador de todas as coisas.

Uaro: papagaio.

Wacara: garça – o pássaro branco que come peixes.

Wyrad: jabuti.

SOBRE O POVO WAPICHANA

É um povo que vive em 23 aldeias demarcadas e também na reserva indígena Raposa Serra do Sol, localizadas nos campos naturais da região nordeste do estado de Roraima até o norte da República Federativa da Guiana. Com uma população estimada em 13.500 indivíduos, os Wapichana existem há mais de 4.000 anos. Os primeiros contatos com os não indígenas aconteceram no início do séc. XVII.

O tronco linguístico é o Aruak. Moram tradicionalmente em suas aldeias ou nas cidades. São falantes das línguas: Wapichana, português e inglês.

Possuem uma base alimentar proveniente de tubérculos, especialmente da mandioca e seus derivados, frutos, legumes, caça e pesca.

Cada aldeia é liderada por um tuxaua escolhido em eleição por tempo determinado pelos jovens e adultos da comunidade. Ele representa os interesses dos membros daquela aldeia dentro e fora dela.

Guerreiros, os Wapichana atualmente mantêm relações amistosas e comerciais com os povos indígenas e com a sociedade brasileira.